KB275212

화개(花蓋)와 반야(般若)

화개(花蓋)와 반야(般若)

박재홍 시집

개미

봄의 끄트머리 마지막 절기 곡우(穀雨)처럼 나의 어리석음을 깨우는 비를 맞습니다. 나의 詩는 곡우를 지나 모습을 드러내는 개복치처럼 위험합니다. 상처와 감염성이 짙은 삶이 무게를 감당하고 시는 땅의 숨이 일구어 낸 화개(花蓋)가 되어 반야(般若)로 이끌었으며 자각의 지혜는 실천적 동기가 됐습니다. 모쪼록 부족함에 마음을 얹어주시면 남은 생의 주기가 정진에 있을 것입니다.

오헌시서화루(梧軒詩書畵樓)에서
박재홍

화개 花蓋

제1부

제3부

반야般若

제4부

칡꽃

검은 소가 붉은 혀로 제 몸에 핀 꽃을 핥고 있다 여래의 눈이 감길
찰나 토방에 내려선 달이 헛기침만 놓아두고서 등을 긁는 바람에 떠
밀려 백구의 이마를 훌쩍 넘어서 적멸에 들었다

둑길

　저렇게 어둑하니 길을 잃어도 할 말이 없다 꽃만 덮고 누워 이편과
저편의 생이 틔운 혼령의 꽃 경계로 서서 처마 밑 눈물샘을 퍼 올리며
목 놓아 우는데 그새 물은 깊어지고 강 건너 불빛은 윤슬이 되어 흐른
다

텃밭

한사코 너절한 삶을 피해 앳되지만 밀어 올리는 파랗게 질린 무순을
보아라 고라니도 피해 가는 고랑 사이에 질펀한 눈물이 서리로 앉았
다 하다만 이야기 같은 시가 목울대를 가득 채운다

달맞이꽃

나는 생의 어귀 노루목에 살아요 가끔, 노루 대신 사슴 발목이 잡히곤 하지요 강 건너 당신의 집에서 들으면 노루인지 사슴인지 알 수 없지만 아득한 슬픔이 척추의 등선을 밟고 허리를 편 달을 향해 꽃대 밀어 올리는 어둠 속에 있는 달맞이꽃 설핏 비켜 앉은 나뭇등걸에 드리운 그림자

당신 거기 있나요

또 다른 시간에 기대어

민무늬 토기로 태어나
빗살무늬 토기가
되어 간다

텅 빈 뒤꼍 기둥을 끼고
돌기 전 멈춰서
하루의 슬픔이 젖어 든
시간에 멈춘 햇살

잠시 넋을 잃고
몽환의 눈길이 멈춘 곳
호젓한 웃음을 머금고
나의 불안함을 다독이며

내리는 빗방울의 질감으로
달항아리에 이르는
불길을 걸어온
지친 아난존자의 사리를
수습한다

부용산

차고 넘치지 않는
강을 품은 채
시간의 소멸시효를
견디는 공중의
후불탱화

한적한 당산나무 아래
누운 평상 아득하게
바람을 건너오는
흑백의 돌 놓는 소리

굽은 허리를 펴며
일어서는 굴뚝
희미한 연기 속에 젖은
부용산

공(空)

꿈길에 한 사람을 보았다
한 그루 나무 아래서
두보의 '夢李白'을
읊고 있었다

가슴에 물길이 들어
참고 돌아서는데
나도 모르게 따라서
시구를 곱씹고 있었다

사별이탄성(死別已呑聲)
생별상측측(生別常惻惻)

밤새 내린 비
발치 끝 아네모네
체향만 바람에
조수처럼
다녀갔다

추분

덥다고 하거나 춥다고 할 때마다
문지방을 넘던 말이
춘분과 추분 얘기였다

낙뢰도 사라지고
땅속으로 숨는
곤충처럼
물도 가물어 가는데

어느 시인은 대추 한 알에 든
태풍을 기감하고

나는, 고향집 허물만 남기고 떠난
부모님 생각에
대숲 바람만 불어도
귀뚜리가 되어
울고 있다

볕

   바람을 마주하고 서는 날이 많다 여름 내내 등을 쓰다듬던 손길 꽃
무릇처럼 녹아내리던 뜨거운 이야기 갑사 부도 육감스럽게 기대인 개
양귀비 바람 등 떠밀릴 때 스님 헛기침 소리 몸을 부리는 노을 하염없
네

섬광

계절 초입이 수런거리면 진득하니 설움도 깊다 넌지시 건네는 바람
은 얼마나 은밀한지 토방 위에 놓인 가지런한 신발을 왜 잊질 못하는
지 진눈깨비 쌓인 마당을 밟는 발소리 선방 스님 꼭두를 가르는 죽비
벼락같으니 한 줄의 시구처럼 이 계절이 일도양단이다

제2부

빈산

우두커니 마주 앉은 강밑 건넛산 그늘보다 숨은 산 등 뒤 계절의 원
근에 살짝 바람에 떠밀리는 것처럼 낯익은 손길 쓸어내린 눈길 위로
한 생을 건너는 업장이 있으니 간혹 헛헛한 웃음 바람을 비켜선 겨울
망초 담묵 촉촉한

더 사랑할 것이다

산행

노을 서성이는 곳에서 황홀하게 타오르고 있었네 눈길 한 번에 뜨거
워진 몸 자작나무 숲길을 걸어 공중에 이르는 달 고단한 그림자 뿌리
부터 흥건한 선몽이 봄물 소리에 눈을 떠 삼불봉 가는 길 묵언으로 빚
어낸 풍경처럼 몸을 부리며 고고성(呱呱聲)을 지르고 있었네

2025, 낮달

여태껏 빈산 새의 혼령이 되어 울어봤으면 처마끝 고드름으로 매달려 꽂은 백일을 넘기지 못하고 사람은 천일을 넘기지 못하니 깨춤을 추다가

사금파리 같은 희미한 웃음 낮달에 엿가락처럼 녹으며 정월에 이르지 못한 초사흘 달이 되어 히죽거리다가 처연한 월흔(月痕)으로 남아 겨울 공화국 신민(臣民)이 될 뻔 하였다

몰약(沒藥)

무구 법정이 건너간 시간을 지나치고 있을 무렵 작년 가을 건네받은
모과 세 알이 발화하여 좁은 사무실 공간을 채우며 살아온 날수만큼
의 통점에 스며들고 있었다 누군가의 기도가 나를 향했음이다

톱울음

　날을 세운 자귀 서슬이 퍼렇고 달빛에 톱날을 갈던 밤이 깊다 새벽 다섯 시를 준비하는 아비의 등에 밀물처럼 땀이 들어선다 먹줄처럼 튀기는 톱울음이 감나무 그늘로 숨을 무렵 등목을 한 아비가 방에 숨어들었다 새벽 바람에 떠밀려 집 한 채를 짓는 내일 아이 셋 오뉴월 감꽃처럼 맺히는 눈망울을 떠올리며 노동의 통점을 잊으려 애쓰는 아비의 거친 숨소리가 들렸다

비둘기

휠체어 바퀴를 비켜선 그를 보지 못했다 공중에 몸을 부리던 그 황
홀한 몸짓에 놀라 시(詩)로 모셔 왔던 그 선사 멈춰 선 시계(視界) 속을
소요유하는 그의 눈길에 하염없이 타오르고 있었네

화개(花蓋)

돌아볼수록 그대 낯이 익네 꽃무릇 엷게 웃던 그곳을 향해 몸이 닿지 않아도 마음이 닿는 곳마다 숨길이 열리고 식은 굴국 한 숟가락에 기억의 저편 매화 한 점 살갗이 아프게 발화를 꿈꾸는데

짙은 어둠을 덮고 누운 언 땅 밑의 온기

자작나무

하루가 자작나무 껍질처럼 벗겨져요 뭉툭한 괭이가 되는 상처들을 보면서 지난한 생의 이면 살다간 이들을 호명하며 바람에 기대어 잠들고 한낮에 소로를 바라보며 호기심 따라가요 이렇게 가다 보면 적멸에 들 것 아쉽게 부도탑에 떨어지는 소나무 일침에 찔리며 반개한 다음 생을 떠올리게 돼요 당신은 겨울 자작나무 숲에 들고 나는 가을 자작나무 숲에 들어서 다음해 봄에 순한 잎들로 태어나 만났으면 합니다 아지랑이 아득하거나 소낙비에 얼굴을 씻다 바람 마주하다 말고 웃다 만나는 인연이길 바랍니다

남회귀선

초발심 아프게 돋은 밤 달을 세어보지 않았지만 눈꽃 머문 참새의
혀처럼 생긴 작설 등을 보이며 돌아서던 그날 같습니다 베갯잇 젖는
줄 모르고 차오르고 십오야 중천 우두커니 선 달 동지선에 이르고 있
습니다

기미

라면 끓이다 말고 바퀴 한 마리를 죽였다 아무 감정 없이 개수대를
헤매는 중에 그가 죽었다 그의 사체는 크리넥스 티슈 곽 안에 종이꽃
을 뽑아 세마포로 몸을 감싸 종이컵에 넣어 두고 손을 씻었다 끓인 라
면에 꼬마 김밥 두 줄 뜨거운 국물을 삼키며 잊었던 종이컵을 들고 화
장실 변기에 그를 수장시켜 내렸다 아직 엄동의 길은 옅은 눈발에 속
살을 내보이고 사후 49재는 생각지도 못했다

제3부

유리 1

저들은 왜 무리 지어 사는가 수런거릴 때마다 상처가 하나씩 별이
되어 공중에 매달리고 노점에 무참하게 사는 오늘 할 말을 잃고서 마
주한 눈길이 흔들리는데

저들은 왜 무리 지어 등을 부비고 우는가 볼에 사무치게 다가서는
아직 식지 않은 무량수경에 숨은 칠보 중 하나 투과된 일촌광음 시간

유리2

노안의 창 너머 초로의 여성이 비둘기 무리 지어 날아간 빈 허공의 창을 매만지고 있다 블랙홀 곁 벤치에 노숙인 한 분이 와상(臥狀)의 삼매에 들었다

순간 우리는 흐릿한 전생을 만나고 있는지도 모른다 비둘기 구구거리는 하오의 숲 깃들기 전 시간대 사무치는 창을 닫았다

유리3

단을 쌓고 불 들어오면 가장 크나큰 슬픔 간헐천처럼 뛰었던 부분이
유리구슬이 되었을 거야 텅 빈 다비장에 사람 두엇 남아 만나지는 빛
도 없고 색도 없는 그냥 챙겨도 그만 안 챙겨도 그만인 조각난 습골
하나가 나의 사랑일 거야

모두 떠난 후 새 여남은 두리번거리며 찾는 것이 그리움이 머무는
철마다 바람에 일어서는 억새 머리 위로 새 울고 별 돋을 때

그때 봐

유리4

부용산 저녁 어스름 갈참나무 잎을 갈퀴처럼 주워 담던 손길에 말려
올라간 어미의 등을 타던 눈길 마지막 노을이 타오르던 찰나 적멸에
들었습니다

유리5

　　작년 겨울 동상 든 발등 위로 푸르게 다녀간 계절의 자취를 가늠합
니다 해갈되지 않은 가뭄에 드러난 땅의 손금과 장마와 태풍이 지나
간 해진 잎들에 남은 물의 궤적을 마주한 직벽 앞에 서는 이들의 마음
이 별이 되어 돋아나 투과된 무광의 빛이 될 무렵 자복하며 아침 이슬
속에 굴절되어 머물 때 햇살에 몸의 기화(氣化)를 이룹니다

사리

꽃무릇 녹고 있는데 망초 사라지고 없다 퇴원 후 바람에 등 떠밀려 가던 산책길 슬그머니 헛웃음을 웃더니 땅 밑 작은 씨앗처럼 흙을 덮고 숨었나 보다

아득한 마음이 이끄는 대로 정자에 앉아 소슬한 바람이 들려주는 지나간 이야기들과 해묵을 오늘의 이야기 수런거리며 듣던 새들도 밤 숲으로 들고 내 나이처럼 숨었다

저 텅 빈 허공에 길을 내어놓고 달도 이르지 않는 가슴 한 켠 허물고 라흐마니노프 피아노협주곡 2번이 들려준 사무친 서사

치아(齒牙) 하나 허물고 잇몸 위로 밀물이 되어 달을 틔우고서야 슬픔의 사리를 이루고 있었다

단풍 길게 휜 길

길게 늘어진 고양이 허리 닮은 하루 단풍 길게 휜 길을 걸으며 실족을 두려워했다

품을 헤집고 드는 바람에 마음을 잃어 눈부셔 뜬 눈길

황홀하게 타오르던 스무 살

그날 사무치게 긴 여운의 이를 떠올리고 퇴락한 뒤안의 골단초 쓰디쓴 뿌리처럼

성긴 회한(回翰)에 되묻는다

아직, 여여하신가

천태산 목불(木佛)

하늘에 매달린 두 개의 달이 지거든 후불탱화처럼 웃을 수 있겠다
말 걸기가 멋쩍은 가로수 한가운데 파란 물감이 뚝뚝 지고 있었다 멀
리 태풍이 보내온 기감이 기억 속 숨은 파동의 실체를 일으켜 세우고
천태산 길목의 묵은 은행나무에 접신하였으니 바람을 지치고 앉아 몇
해 전 낭랑하던 시가 종이 죽을 쑤어 몸을 빌리고는 새끼를 꼬아 만든
시가 되어 천년을 가름하는 오색 포승줄이 되어 바람을 꽁꽁 묶고 있
었으니 화개(花蓋)의 업장에 숨은 그 믿음을 보아라

무디어진 나를 벼리다

잊고 있었다 무딘 톱날을 벼리던 어둠 환하게 머문 당신의 눈길 줄 칼에 다듬어지던 톱울음이 달을 틔우고 저녁 풀벌레도 묵언수행(默言修行) 중일 때 목을 꺾는 대봉이 혜성처럼 졌다

아버지 등을 적시던 땀이 마를 즈음에 송골송골 소리를 내며 맺히던 거문고 줄 같은 젖은 머리카락이 퉁겨내는 범문이 불립문자 깊은 가을의 기운이 바람이 낙엽을 쓸 듯 이마 가가 서늘하다.

겨울비를 기다리며

아직 남아 전율하고 있는 나무의 통점 더 이상 생을 허락하지 않는
고흐의 붓 터치 텅 빈 3일의 사라진 기억을 꿈길에서 줍는다

봉명동 길 절뚝거리며 휠체어 앞을 가로막고 느긋하게 걷던 비둘기
등에는 저녁 햇살이 산란을 일으키고 있다

물길을 따라 걸을 때마다 깊숙한 곳에 솟는 살아온 날 수만큼의 통
점에 비늘이 돋고
단청 입히지 않은 목어가 되어 종각에 매달린다

달이 뜨거든 가쁜 새벽의 호흡으로 산을 내려서고 어느 불 켜진 방
을 향해 담장 앞에 서성이고 있을 해갈되지 않는 반추의 실금들 문득
담담하게 낯선 비(碑)를 만나고 싶다

반야般若

제4부

잠이 깨다

동굴

저리 오면 안 되는데

화엄

찰나

잘가라 곧 가마

죽창

조약돌

트라우마

방벌(放伐)

잠이 깨다

가다가다 그 길에서 깨어났네 멈출 기미도 없는 폭설을 이고 잃어버린 인연처럼 삼나무 가지 부러지는 소리도 뒤로 하고 발자국도 지워지며 소리도 목이 잠기고 바람도 자취를 감추고 풍경소리처럼 멀어지는 섬망이 찾아들자 지난해 보지 못했던 상사화가 보고 싶었지 갑사 가던 그 길 어귀 오종종하게 서 있던 그 사람

동굴

바퀴가 달리자 가로수 길 동굴처럼 열린다 다녀간 무서리처럼 웅숭깊던 속은 탄화의 자국이 가득했다 짙은 어둠 속에 별들이 살지 않는다 야광충들이 빛을 만나지 못해 투명해지는 슬픔을 배우고 눈길에 드러난 느린 바람처럼 지나치는 자전거 바퀴에 걸린 달이 행운의 회전판처럼 돈다 무얼 던져야 할지 망설인다

저리 오면 안 되는데

눈에 달무리 진 것처럼 뿌연하네 저리 눈이 오면 길이 지워지는데 머금은 말을 뱉다 말고 삼키는 중에 그쳤다 허기진 하루가 멈췄다 마지막 마르지 않은 옷을 수건으로 감싸 기둥을 잡고 잘근잘근 밟는 중에 내뱉는 한숨 소리 달이 길게 휘어 산을 넘었다 감나무에 매달린 까치밥이 몸을 부리고 아버지는 곁이 허전한지 바튼 기침을 하고 나는 윗목에 누워 훤한 방문에 어른거리는 절뚝이는 엄마를 살피고

다들 눈을 감았으나 잠들지 못한 날이 밝아오고 있었다

화엄

산사 풍경이 바람을 부둥켜 안았거든 목발에 풍등 하나 매달린 나를
보며 처음 짚던 목발의 손잡이 키 높이를 조정하던 당신의 눈길에 울
든 망치 소리라 여겨주세요

목어가 되어 산을 내려서는 당신의 울혈이 종각의 단청 결을 따라가
다 처마 위 붉은 달로 뜨거든 다듬던 톱날 시퍼렇게 일어서 베인 날을
기억합니다

상처에 놀란 어머니 한숨에 무디어질 무렵 나는 알았고 하염없이 이
승과 저승의 경계를 서성이는 우리의 서사는 목메는 가족사가 되어
되돌이표로 떠돌고 있습니다

찰나

차 한잔 달일 시간입니다 이승과 저승 사이에서 배웅하는 시간입니다 꽃 한 송이 기도 한소끔 진눈깨비가 비가 될 시간이었습니다 물밥 한술 급하게 먹었는지 모르게 돌아서 나오는데 사내의 쓸쓸한 얼굴에 드리워진 앞으로의 시간이 얼핏 지나치고 있었습니다 그가 걷던 텅빈 공간의 시간을 흘려보내고 당신이 그 길섶에 부려놓은 꽃의 향은 계절마다 수를 놓으며 그를 지키는 시간임을 압니다

잘가라 곧 가마

일으켜 세우는 것은 침묵 성긴 배추 뿌리처럼 혀끝을 톡 쏜다 고슬고슬한 흙을 털어내고 푸른 잎들 속에 배인 노란 속살을 벗기고 한 입 깨무는 순간 살갗에 난 잇자국 사이로 다디단 맛이 느껴졌다 바람이 쥐어뜯어 흩뿌리는 공중 검불처럼 날리는 기억의 비늘이 서리 내린 공기 사이로 번득인다 통점을 잃어버린 사랑은 달도 되지 못하고 물길 아래로 숨고 겨울바다를 딛고 일어선 폭풍의 속 이야기를 들으며 어렵게 벼린 칼끝에 굴 껍데기 입을 열고 짭조름한 바다 내음에 찝찔한 살맛이 생의 이면을 말하며 눈물이 차오르네

죽창

비탈진 하루의 단면이 겨울 햇살에 달구어진다 경화된 민심 날이 시
퍼런 사발통문이 돈다 하늘로부터 전해진 속울음이 땅이 갈라지고 바
다가 몸을 일으키고 대해로 흘러가는 시류는 맹자의 군주론을 다시
읽는다

조약돌

　호주머니 속 돌멩이 하나를 주물럭거리고 있었다 마당에 옹기종기 모여있는 새를 향할 수도 있고 교실에서 매번 혀를 빼물고 절뚝이며 걷는 모습을 흉내 내던 반 친구에게 향할 강돌이었다 며칠을 가지고 다니던 애달픈 이야기가 손때 묻어 돌은 투명하게 빛났다 아직 이르지 않은 분노가 흉중에 머물러 봉창에 달빛을 수용하는 우물 같았다 눈 속에 든 욕이 사람의 마음을 움직인다 어느 날 사과를 받는데 와락 눈물이 났다 아무 말 없이 그 아이의 손바닥 위에 조약돌을 올려 주었다

트라우마

얼은 빨래가 넌출거리며 깊은 속울음을 토할 때 마당에 눈은 벚꽃처
럼 날리다가 마당을 지우고 있었고 사람들 수런거리는 지워진 길 위
에 스스로의 발자국을 지우며 대오도 없이 흘러가는데 마수걸이도 못
한 노점상 K씨 혹시나 하며 기다리다 발을 동동 구르고 계엄의 총구
에 가슴을 디밀고 장갑차를 가로막고 선 여성을 돕던 시민들의 모습
에 보는 내내 등줄기가 서늘했다 승정원 일기처럼 정리되지 않은 역
사는 되돌아 다시 그 자리로 돌리는 잔인한 야누스 같은 뉴스를 보고
있다

방벌(放伐)

  다리를 끌고 있는 비둘기를 만났습니다 무리에서 떨어져 전신주 한 쪽 귀퉁이 낡은 부리로 갈라진 도로의 틈새 무한 반복으로 쪼고 있습니다 뒤뚱거리며 무리를 이루고 행인의 길을 막고 고개를 쳐든 우두머리 비둘기가 다가섭니다 하루의 해루질이 달라 보입니다 곧 방벌(放伐)이 임할 것 같습니다 아니 그 순간에 임하고 있습니다

제5부

그믐밤

꽃이 피는 동안 나는
멍울지고 있었네
차 벽에 핀 인화(人華)
담장을 넘는 숭어리처럼
매달린 불두화
하얗게 지샌
날이 검붉게 울혈을
토하고
새벽달 기우는 곳에서
대해처럼 일어서는
서러운 흰 새
허공에 곡비 소리 들리고
이제 시작이네

해어지다

닳지 않는 구두를 향해 눈길이 간다 쌓인 먼지 묻은 시간의 서사가
설핏 놀라 숨는다 숨던 달이 살짝 어깨깃 위로 자리할 즈음 성큼 다가
서는 키 큰 사내가 행복하냐고 묻는다 썰물처럼 빠지는 고요는 타이
가로 떠났다 뜨거운 화산의 온기가 남은 물에 쓰라린 상처를 핥기 위
해 등을 보이고 돌아섰다 우수수 몸에 쌓인 각질이 어설픈 눈발처럼
날리고 코끝 시리자 눈길에 차오르는 물기가 얼기 시작했다 인연이
소멸시효를 발효되고 있었다

신독(愼獨)

　부산스레 내리는 눈을 피해 골방을 찾아들었다 메주 뜬 냄새 아래
멍석이 깔려있고 무너지기 직전의 낡은 뒤주 위에 뜬 달항아리 군불
을 지피는지 금 간 벽에서 연기가 들어서고 뒤꼍에 전나무 한쪽 어깨
가 찢어지는 소리에 거위가 운다 무심히 몸을 움직여 어젯밤 자리끼
물로 먹을 가는데 엄동(嚴冬)에 매화가 피어나나 보다 봉창에 어리는
산그림자가 깊어졌다 얼마나 붓질을 했는지 버린 종이는 탑을 이루고
손바닥만 한 장지에 꽃 몇 첨 발화하여 틔우듯 마는 듯하고 무표정한
달은 지워지고 없었다 찾아온 손님은 인기척 없어서 그냥 돌아서고
밖에는 진눈깨비에 가뭇하게 세상이 사라졌다

2024, 겨울 칸나

마을 어귀 어머니 그림자 와락 껴안고서야 검게 변하는 꽃 눈길 한
번 주지 않고 지나치는데도 색감 있게 바람을 타며 다가서는 중에 볼
이 화끈거리고 떠난 사람들은 돌아가지 않아도 고향집 근처를 서성이
며 산다 철마다 기다리는 선연함 맑은 영을 가진 시인이 보아야 바로
보이는 세상 무참하게 양산도 없이 서 있네

노란불

시집들이 켜켜이 쌓인다
행간을 밝히는 등불이
발등 위를 비추고
긴 어둠을 건너간다
스산한 거리의 울혈이
화석이 될 무렵
담담하게 지평선이
눈을 감는 시간
녹지 않는 눈길을 지나치며
임도를 걷는 겨울나무
발길을 멈추었다

소금

    대한 지나 소한과 입춘 사이 키세스 동백 등지고 매화 어른거리는
골목 사이에 멍울 터지기 전 입술 깨물며 울음을 삼킬 때 우리 웃어요
봄이잖아요 봄물처럼 이겨낸 난장에 농음으로 우는 어우러지는 산조
처럼 가르쳐 주지 않아도 시린 겨울을 이겨내는 우리만의 추임새가
있잖아요 대숲 속에 울던 백성의 살 떨리는 속엣말 이제는 우주 음 거
리를 메우고 경천동지할 우리의 미래가 있잖아요 더욱더 깊어지는 봄
의 속살이 저 용산을 넘으면 개울 돌돌 지나치며 흐르는 쑥부쟁이 물
가에 아지랑이처럼 일어서는 일상의 고요를 만나요

원적정사 가는 길

북어포에 잔술 한 잔 따르고 지워진 산을 내려오고 싶지만 몸이 허
락치 않으니 창가에 바람길을 열어 어둑새벽 산사의 풍경처럼 울며
다녀갑니다

윤회

    연휴에 뭐 해 하고 묻자 나는 말을 잃고 뭐하지 되물었다 늦공부에 말보다 숨을 배운다 들이고 내뱉는 탯줄을 끊고 잃어버린 기억을 다시 배우는 중이다 그러다 그러다 남는 여분은 하고 물으면 갈 수 없으니 부르기 위해 간절해지고 눈물 한소끔 맺힐 즈음 밖에는 비가 오거나 눈이 내리고 있었다 그럴 때마다 깊어져 흐르거나 지워진 기억이 시간을 건너는 중이다 쉬지 않고 살가죽 찢어지는 삼림에 호곡성처럼 맺히는 소리가 새가 되어 푸드덕 홰를 치고 있었다 한 사람 적멸에 들 시간 또 한 사람이 길을 나서는 새벽

압록 역사 뒤 보리밭

아무도 없는 남향집처럼 앉아 마을 당산나무 바람을 일워내는 손끝
에 묻은 바람의 물기를 생각했네 말을 속으로 삼킨 지 오래 가뭇한 기
억의 일탈 마을 어귀 바람에 몸을 누이는 보리밭 넌출 거리는 햇살에
아득했네

어허, 달궁

거북손 절구를 씻어내고 있을 무렵
사내는 보아둔 메뎅이 감에
자루를 박고 있었다
시루에 찐 고두밥
절구에 들어앉을 무렵
희미한 달이
얼비치고
석탈해와 이사금이
깨물던 이야기
찰질 무렵
떡의 켜 사이에 깔리거나
겉에 묻힌 떡 꽁다리 같은
생의 이면

제6부

복수초

겨울 어귀를 떠나지 못하고 있었네 강은 이야기를 토하지 않고 기슭
에 치어들의 눈을 통해 하늘의 별들을 담고 긴 시절의 심연을 지나 돌
아가는 길 그늘에 숨은 한 사람을 사랑했었네

담장 넘어 저리 쓸쓸한

늙은 뒤꼍의 감나무 가지에 문득 걸린 풍경 하나 몸부림치며 담장 넘어 저리 쓸쓸한 허공 달하나 모질게 물고 있는데 공중에 매달린 외눈박이 눈은 원근을 잃었다 산란하듯 내리는 눈발이 육신에 난 바람문을 닫고 직벽에 부리를 가는 천산 독수리의 발톱 찢긴 천라지망의 고요는 원근에 아득한 내일을 향한 길을 지우고 있었다 오직 다함 없는 기다림의 묘비처럼 발등에 깨진 사금파리 같은 당신 웃음 덧없는 공중에 곡비만 우네

이런 사랑도 괜찮습니까

　눈길이 가는 곳마다 타들어 갑니다 헐거운 생을 비추는 깨어진 햇살
에 보풀처럼 떠도는 상념이 자랍니다 등이 굽은 생이 시간을 건너고
있습니다 멀리서 보이는 당신의 등을 보면서 나도 그 길을 이어 따라
가고 있습니다

　달도 별도 없는 침묵의 길 조금은 넉넉하고 소소하게 절망하면서 텅
빈 새벽을 기다립니다 말이 목말라 쉬어 갔다는 갈마동 날맹이 리어
카 한 대가 장 콕도 그림처럼 매달리고

　리어카 등 뒤에 숨은 노인은 위축된 삶의 무게에 짓눌리면서도 행간
의 긴장도 잊어먹고 버섯구름을 태워 올리고 있습니다 사소함이 절박
함을 넘어 간절함으로 잇대어 있습니다

새벽 갑천의 새

닿지 않으니 생각이 없을까 생각이 있으니 닿지 않았을까 생은 그럭
저럭 시간을 건너가고 건물을 흔드는 바람 소리와 추적거리는 빗줄기
행간에 기억을 쪼는 갑천의 새 울음에 멍울 틔우는 매화 한첨에 애가
탄다 당신은 아직 서성이고 있는가

봄의 기미

밥물 넘치자 바라처럼
빗기는 솥뚜껑
부뚜막에 올려진 고봉밥
손주 머리에 꽂은 핀
봉분은 서둘러 참꽃을
꽂았다
멍울져 가려운 겨울나무 등
봄물 내려선
산그늘
당신의 기척처럼
발치 끝에는
봄물의 기미가
흐릅니다

산책

난의 혀에 맺힌 별 부스러기를 보았다 삼대가 기침하여야 봄을 볼 수 있는 감응의 기제처럼 눈물 한첨에 맺혀 있었다 통점 없는 세상에서 통점을 갖는다는 것은 저주 그것은 잔인한 사월의 그림자가 드리워지는 것 사랑은 시간의 궤적에 먼지처럼 쌓여 누군가를 위해 곡비가 되어 품을 파는 것이다 바람과 강물이 서둘러 향하는 그곳 사소함에 깊은 감사를 깨닫는 지성소를 향한 느릿함을 즐기며 지나치고 있다

벚나무 그늘 저편 백일홍

거기쯤 서서 겨울 장대비를 맞고 있었다 세찬 비에 등을 내어주고
마지막 남은 계절의 마른 잎 두어 장 털어내고 그의 서사는 끝났다 묻
지 않는 것은 뜨거운 김에 가려지고 파닥거리거나 쿵쾅거리다가 노을
처럼 타오르다가 어둠의 깃에 숨어드는 서정이 머문 곳 한 그루 백일
홍을 춘분이 지난 봉명동 거리에서 만났다

월력

지친 중에 돌아보며 웃는데 보리 순 같더라 살짝 스치는 바람에도
경기를 일으키고 사무쳐 입안으로 맴돌다 꺼지는 모래알 같던 말이
숨겨진 장소성 같아서 고슬고슬하여 하얗게 저물어가는 머리칼처럼
우리는 서로 등을 마주하고 데칼코마니 시간대에 기대인 샴쌍둥이

꽃이 지거든

길은 사람을 지웠다 연두만 빛이 된 곳을 휠체어가 지나간다 바퀴
아래 누운 꽃은 상처에 갈색으로 질리고 꼭지 자국들만 질펀하게 누
웠다 갑천 물빛은 관념의 이면 발을 담근 새들은 길게 비익조가 되어
날아가고 휘파람 소리만 아득하게 들리는 저녁이 저만치 온다 저만치
오는 저녁은 오늘의 것이 아니다 불온하거나 불안하거나 눈빛들을 피
해 도둑처럼 숨는다 숨죽인 당신은 그렇게 숨어서 온다 사랑은 잠시
병적 기저의 상상력 속에 할딱거리며 찾아든다

저녁 갑천에서

　타오르던 눈길을 덮는 당신은 어미의 눈처럼 고요했다 어디서 꺼지지 않는 불길이 일어나거나 눈 폭풍이 치는 것이란 생각이 들었다 시간의 눈금이 열여섯에 멈추고 기울기는 망설이고 있었다 상포사 옆 뜨겁게 달아오른 나무가 축축하게 젖고 있을 무렵 저녁 어스름 속에 꼬리를 감추고 있는 주검을 보았다

별 하나를 내어 놓았다

양말을 벗고 슬리퍼를 신고 휠체어를 타고 바람을 가르며 족욕장을
간다 발등을 누빈자국처럼 수술의 궤적을 감싸던 무의식의 실루엣을
걷어버렸다 반백년의 달을 맞이하는 달맞이꽃처럼 또다른 행성을 이
루는 별 하나를 일상에 내어 놓았다

불 들어서지 못하는 다비(茶毘)

갑천 변을 걷는데 시목 한그루 서 있었네 투명한 가을을 두르고 빛나는 시어를 매달고 바람 지나간 자리에 우두커니 서 있는데 아 침묵이 두르고 있는 저리 깊은 카르마라니 내일은 비가 온다는데 다비는 아직인데 잔솔에 무서리는 내리고 축축해 불이 붙지 않는 하루치의 범문

김종회 문학평론가, 전 경희대 교수

깨달음의 그늘과
혜안의 형상

— 박재홍 시집 『화개(花蓋)와 반야(般若)』

깨달음의 그늘과 혜안의 형상

― 박재홍 시집 『화개(花蓋)와 반야(般若)』

1. 박재홍 시의 강역과 만개의 꽃

박재홍 시인의 새 시집 『화개(花蓋)와 반야(般若)』는 그 이름만큼이나
어렵고 깊고 철학적이다. 시집의 표제에 올라 있는 두 어휘의 불교적
어의(語義)도 그러하거니와, 모두 6부 62편에 이르는 시의 실제에 있
어서도 많은 생각과 연상작용을 동원하여야만 시인의 의도를 뒤좇아
갈 수 있다. 거듭 강조하는 바이지만 이 시인의 시에는 '외형의 치장'
이나 '창작 형식의 기교'와 같은 것은 당초 관심 밖의 문제다. 그의 시
는 그 내부에 끌어안고 있는 주제론적 메시지의 발화만 해도 치열하
기가 숨 가쁘다. 이 시집에서도 오랜 관행인 불교적 세계관, 운명론적
인연, 오래고 웅숭깊은 가족사 등의 중심 사상과 사고들이 그대로 연
계되어 있다.

시인이 시집의 제목으로 선택한 언어 중 화개는, 직역하면 '꽃으로
된 덮개'를 말한다. 이 일산(日傘)의 화려한 차양을 불가(佛家)의 눈으

로 보면 부처나 보살의 머리 위를 덮는 장엄한 우산이다. 그것은 또한 자비의 우산, 깨달음의 아름다움, 또는 무명(無明)을 덮는 꽃의 자각이기도 하다. 한편 반야는, 산스크리트어 '프라즈냐'의 음역으로 지혜 특히 깨달음의 지혜를 가리킨다. 모든 분별과 집착을 넘어선 궁극의 지혜, 곧 공(空)의 깨달음이다. 『반야심경(般若心經)』의 중심 사상 '반야바라밀'은 완전한 지혜를 뜻한다. 이토록 광활하고 장엄한 의미들을 함께 가져다 두었으니, 시인이 자신의 시를 '개복치'처럼 위험하다고 말할 만하다. 그러나 눈이 높으면 멀리 보고 꿈이 크면 넓은 자리에 이른다. 우리가 여기서 만조(滿潮)를 이루고 만개(滿開)한 박재홍의 시를 주의 깊고 섬세하게, 마음(心)과 뜻(義)을 열고 살펴보려는 이유다.

2. 일상적 사물과 인생사의 이치

  평범한 삶 가운데 흙 속에 묻힌 옥석 같은 인생사의 이치가 있다. 일찍이 장자의 '소요유(逍遙遊)'나 불교의 '일상선(日常禪)'이 이와 소통되는 주제다. 우리가 큰 가르침을 얻는 순간이 꼭 세속 바깥의 특별한 지경(地境)에만 있지 않다는 말이다. 오히려 범상한 하루의 일과 사소한 사물 가운데서 삶의 법칙과 존재의 진리를 발견할 때가 많다. 그래서 우리는 진리는 멀리 있지 않으며, 들을 귀가 열려 있다면 모든 사물이 스승이라고 수긍한다. 그렇다면 우리의 일상이 수행의 장이요, 사물은 말이 없으나 그 자체로 설법한다. 이 시집의 1부에 수록된 시들은, 이 범박하면서도 수준 있는 시 창작의 기법에 익숙해 있다. 「달맞이꽃」에서 부르는 '당신'의 존재, 「섬광」에서 만나는 '한 줄의 시구' 같은 계절이 모두 그렇다.

저렇게 어둑하니 길을 잃어도 할 말이 없다 꽃만 덮고 누워 이편과 저편
의 생이 틔운 혼령의 꽃 경계로 서서 처마 밑 눈물샘을 퍼 올리며 목 놓아
우는데 그새 물은 깊어지고 강 건너 불빛은 윤슬이 되어 흐른다
　　　　—「둑길」

'둑길'은 순우리말이고 한자로 쓰면 '제로(堤路)'가 되겠다. 참 평범
한 말이지만, 그 속에는 깊은 자연의 이치와 인생의 은유가 숨어 있
다. 단지 물을 막기 위하여 쌓은 둑 위의 길이 아니라 삶의 경계와 흐
름이 만나는 자리, 곧 흐름과 멈춤 사이의 길이다. 이러할 때의 둑길
은 단순한 통행로를 넘어 경계의 길, 성찰의 길, 사유의 길이 된다. 시
인이 인용의 시에 '둑길'이란 제목을 붙이고, 그 사유의 손길이 미치
는 여러 관념을 동원한 이유도 그와 같은 통찰을 보여준다. '이편과
저편의 생이 틔운 혼령의 꽃 경계'라 일렀으니, 이를 영혼의 차원에까
지 끌고 들어간 셈이다. 시인이 울고 선 강 건너 불빛이 '윤슬'이 되어
흐르는 처연하고 아름다운 시다.

꿈길에 한 사람을 보았다
한 그루 나무 아래서
두보의 '夢李白'을
읊고 있었다

가슴에 물길이 들어

참고 돌아서는데
나도 모르게 따라서
시구를 곱씹고 있었다

사별이탄성(死別已吞聲)
생별상측측(生別常惻惻)

밤새 내린 비
발치 끝 아네모네
체향만 바람에
조수처럼
다녀갔다
─「공(空)」

　'공(空)'은 박재홍 시의 한결같고 집약적인 주제어다. 시인은 꿈길에
'한 사람'을 본다. 두보의 「몽이백(夢李白)」을 읊고 있는 사람. 이 시
'이백을 꿈꾸다'는 두보의 인간적 정과 문학적 우정을 가장 깊이 느낄
수 있는 명시다. 중국 시사(詩史)에서 '시성(詩聖)'과 '시선(詩仙)'으로
불린 두 시인의 정신적 만남을 보여주는 작품이기도 하다. 동경과 그
리움이 깊어 꿈속에서 이백을 만났다는 것이 시의 내용이다. 이렇게
꿈은 현실의 어려움을 넘어 영혼의 접촉을 가능하게 한다. 시인이 여
기서 이 이름있는 시를 소환한 까닭은 무엇일까. 두보가 처한 시적 상
황과 시인 자신이 감당해야 하는, '가슴에 물길이 들어 참고 돌아서
는' 현실적 상황이 같은 모양으로 보였기 때문이리라.

3. 긴 여정에서 만난 화개의 모형

우리의 생애를 수행의 여정이라 인식하고 그 가운데서 만나는 깨달음의 상징을 시로 추수한다면 어떤 모형이 될까. 바로 그 모형이 우리가 앞서 언급한 화개의 시적 형용에 해당한다고 볼 때, 이 시집 2부에서는 그것을 시화(詩化)한 시들을 만날 수 있다. 자신의 삶에 있어서 정신적 내면을 소중하게 여기는 이의 지속적인 수행 과정은 결코 순탄하지 않다. 그러나 그는 그 곤고함을 흔연히 받아들이며, 이를 기껍고 가치 있게 생각하는 사람이다. 「빈산」에서 '한 생을 건너는 업장'을 더 사랑할 것이라는 결의, 「화개」에서 '돌아볼수록 낯이 익은 그대'를 전생애적인 포용으로 마주하는 작심(作心) 등 시적 화자의 태도가 이와 연관되어 있다.

무구 법정이 건너간 시간을 지나치고 있을 무렵 작년 가을 건네받은 모과 세 알이 발화하여 좁은 사무실 공간을 채우며 살아온 날 수만큼의 통점에 스며들고 있었다 누군가의 기도가 나를 향했음이다
　—「몰약」

시의 제목에서 보이는 '몰약'은 인류 역사에서 향료이자 약재, 그리고 영적 상징물로 오랫동안 쓰여온 귀한 물질이다. 그 향과 의미는 종교·의학·문학 전반에 걸쳐 깊은 울림을 지니고 있다. 고대 이집트와 로마에서는 제사와 치료에 사용되었고, 성경에서 동방 박사들이 아기 예수에게 바친 세 가지 예물 중 하나가 바로 몰약이었다. 인용의 시에서 서두를 연 무구 법정(無垢法頂)은, 불교에서 깨달음과 수행의 궁극적 경지를 뜻한다. 곧 번뇌와 때가 없는 법의 정상, 온전히 청정한

깨달음의 경지를 일컫는다. 그 창대한 원념(遠念)의 시간을 헤아릴 때, '모과 세 알'의 발화에 이르러 '누군가의 기도가 나를 향했음'을 자각한다. 짧지만 만만찮은 의미망을 가진 시다.

　　휠체어 바퀴를 비켜선 그를 보지 못했다 공중에 몸을 부리던 그 황홀한 몸짓에 놀라 시(詩)로 모셔 왔던 그 선사 멈춰 선 시계(視界) 속을 소요유 하는 그의 눈길에 하염없이 타오르고 있었네
　　―「비둘기」

　휠체어를 움직이다가 스친 비둘기를 소환했다. '공중에 몸을 부리던 황홀한 몸짓'의 주인이었다. 그런데 그 멈춰 선 시계(視界) 속에 소요유(逍遙遊)하는 눈길을 본다. 소요유라는 이 고색창연한 말은, 『장자』 첫 장의 제목이자 그가 말하는 이상적 인간의 모습을 상징하는 언사다. 기실 장자의 철학은 여기서 그 첫걸음을 내디딘다. '소요'는 자유로운 정신을 뜻하고 '유'는 존재의 유희를 뜻한다. 이 양자를 통합하면 무엇이 참된 자유이며 무엇이 진정한 즐거움인가라는 물음을 환기한다. 있는 그대로의 삶, 절대적 자유의 놀이는 인용의 시에 등장하는 비둘기의 존재와 어떻게 상관 되는가. 시인은 휠체어 곁의 비둘기를 매개로, 일상 이전의 본질적 자유를 이끌어 내고 있다.

4. 세상사를 관통하는 지혜의 눈

　이 시집의 3부까지는 '화개'라는 단락에, 그리고 4부부터는 '반야'

라는 단락에 속하여 있다. 박재홍 시인이 이 시집을 통해 애쓰고 수고하며 전개하고 있는 시상(詩想)은, 그 준열한 깨달음의 도정(道程)을 세상사의 구체적 세부에서 발굴하려는 분투의 노력과 다르지 않다. 이 노력은 어떤 경우라도 표면적인 현상을 넘어 진리의 본질을 꿰뚫어 보려는 통찰력을 포기하지 않는다. 이를 보는 눈은, 당연히 몸으로 반응하는 육안이 아니라 마음이 작동하는 내적 시각에 근거한다. 그로써 세상사를 분별하는 것은, 사물과 상황의 근본 및 원리를 통찰하는 일이다.

「유리3」에서 '조각난 습골 하나가 나의 사랑'이라는 유추, 「천태산 목불(木佛)」에서 '화개의 업장에 숨은 그 믿음'의 인지가 그러한 시적 유형의 증좌다.

저들은 왜 무리 지어 사는가 수런거릴 때마다 상처가 하나씩 별이 되어 공중에 매달리고 노점에 무참하게 사는 오늘 할 말을 잃고서 마주한 눈길이 흔들리는데

저들은 왜 무리 지어 등을 부비고 우는가 볼에 사무치게 다가서는 아직 식지 않은 무량수경에 숨은 칠보 중 하나 투과된 일촌광음 시간
　　―「유리 1」

불가에서 말하는 유리(琉璃)는 우리가 흔히 보는 사물로서의 유리가 아니다. 맑고 투명하며 결점이 없는 청정한 결정체가 유리다. 이는 그 상징적 의미에 있어서 깨달음, 진리, 마음의 청정성 같은 지고의 경지를 의미한다. 예컨대 번뇌가 없는 순수한 마음, 유리처럼 투명하고 고

요하게 모든 것을 비추는 마음, 선(禪)의 경지나 반야의 지혜에 맞닿아 있는 개념이다. 시인은 이 유리를 두고 왜 무리 지어 사는가, 왜 등을 부비고 우는가라고 묻고 그 구체적 대상을 '일촌광음의 시간'에 두었다. 유리와 같은 깨달음의 매개체를 통해 '시간'의 소중함을 추론하는 사뭇 격이 높은 문답법이 이 시 속에 있다. 그러니 어떻게 이 시를 쉽게 읽고 지나갈 수 있겠는가.

잊고 있었다 무딘 톱날을 벼리던 어둠 환하게 머문 당신의 눈길 줄칼에 다듬어지던 톱 울음이 달을 틔우고 저녁 풀벌레도 묵언수행(默言修行) 중일 때 목을 꺾는 대봉이 혜성처럼 졌다

아버지 등을 적시던 땀이 마를 즈음에 송골송골 소리를 내며 맺히던 거문고 줄 같은 젖은 머리카락이 퉁겨내는 범문이 불립문자 깊은 가을의 기운이 바람이 낙엽을 쓸 듯 이마 가가 서늘하다.
　　—「무디어진 나를 버리다」

왜 시인은 자신이 무디어졌다고 여기고 그 '나'를 다시 버리려 했을까. 누구에게나 둔해진 감각이나 무기력한 의지를 날카롭고 선명하게 다듬는 자기 성찰의 시간이 필요하다. 거기에는 지금의 '나'에 대한 정확한 관찰, 단순화와 집중, 지혜와 통찰의 단련 등의 요목이 뒤따라 올 것이다. 이 문제에 대한 시인의 자각은 자못 심각하다. '저녁 풀벌레도 묵언수행 중일 때 목숨을 꺾는 대봉'이 혜성처럼 졌다는 것이다. 연이어 이 시집의 갈피 곳곳에서 얼굴을 보이는 가족 중 아버지가 등장하고, '불립문자(不立文字)'란 선(禪)의 핵심적인 단어도 따라 나온다.

문자나 언어, 항차 시조차도 절대적 진리의 전달 수단이 아니라는 부피가 큰 국량(局量) 아래, 깨달음의 다기(多岐)한 절목(節目)들을 펼쳐 보이는 형국이다.

5. 깨달음을 얻는 여러 가지 방식

4부부터는 '반야'의 시다. 왜 박재홍 시인이 이토록 '깨달음'에 연연하고 목말라하는 것일까. 그 자신의 개인적 성취나 평안을 위해서라고는 생각되지 않는다. 그에게는 늘 무거운 짐이 있다. 자신의 장애를 감당해야 하는 일도 그렇지만, 〈장애인인식개선오늘〉이나 〈풀꽃야학〉과 같이 자신보다 더 어려운 이들을 위해 고심하며 지고 가야 하는 헌신의 책무가 더 무거울 것이다. 사정이 그러하니 자기 내면의 확고한 푯대를 세우는 깨달음이나 이미 수행해 오던 사명에 대한 깨달음이 제 몫으로 기능해야 하는 형편이 아니겠는가. 「잠이 깨다」에서 '갑사 가던 길 어귀 오종종하게 서 있던 사람'이나, 「화엄」에서 '상처에 놀란 어머니 한숨' 같은 구절에서 그 선연한 흔적을 본다.

눈에 달무리 진 것처럼 뿌연 하네 저리 눈이 오면 길이 지워지는데 머금은 말을 뱉다 말고 삼키는 중에 그쳤다 허기진 하루가 멈췄다 마지막 마르지 않은 옷을 수건으로 감싸 기둥을 잡고 잘근잘근 밟는 중에 내뱉는 한숨소리 달이 길게 휘어 산을 넘었다 감나무에 매달린 까치밥이 몸을 부리고 아버지는 곁이 허전한지 바튼 기침을 하고 나는 윗목에 누워 훤한 방문에 어른 거리는 절뚝이는 엄마를 살피고

다들 눈을 감았으나 잠들지 못한 날이 밝아오고 있었다
　　—「저리 오면 안 되는데」

　눈이 '저리 오면 안 되는데'이다. 길이 지워지기 때문이고, 그렇게 되면 여러 사람이 불편해진다. 길이 지워질 만큼 눈이 쌓이고 이 사태가 시에 적용될 때, 일반적인 기상 현상을 넘어 삶의 무게에 대한 표현과 시련의 비유로 전환되기 마련이다. 그러나 일상이 멈추고 고립과 고요가 찾아오면, 이는 문학에 있어서 빛나는 재료를 공급하기도 한다. 만상(萬象)을 덮은 눈은 시련에 그치지 않고 정화의 상징이 될 수도 있다. 인용의 시에서 시인은 눈이 길을 막는 와중에 여러 가지 숙제를 한다. '바튼 기침을 하는 아버지'와 '절뚝이는 엄마'를 살피는 일이 그렇다. 이 소중한 역할은 눈의 얼개 아래 '잠들지 못한 날'의 풍경이 가운데 있다.

　호주머니 속 돌멩이 하나를 주물럭거리고 있었다 마당에 옹기종기 모여 있는 새를 향할 수도 있고 교실에서 매번 혀를 빼물고 절뚝이며 걷는 모습을 흉내 내던 반 친구에게 향할 강돌이었다 며칠을 가지고 다니던 애달픈 이야기가 손때 묻어 돌은 투명하게 빛났다 아직 이르지 않은 분노가 흉중에 머물러 봉창에 달빛을 수용하는 우물 같았다 눈 속에 든 욕이 사람의 마음을 움직인다 어느날 사과를 받는데 와락 눈물이 났다 아무 말 없이 그 아이의 손바닥 위에 조약돌을 올려 주었다
　　—「조약돌」

매우 의미심장한 시다. 시적 화자가 가진 '호주머니 속 돌멩이 하

'나'는 화자를 놀리던 '반 친구'에게 던질 강돌이다. 심지어 그 돌이 투명하게 빛날 만큼 애달픈 이야기의 손때가 묻어 있다. 시인은 이 화자의 심경을 자못 서정적인 감각으로 형상화했다. "아직 이르지 않은 분노가 흉중에 머물러 봉창에 달빛을 수용하는 우물 같았다"는 것이 아닌가. 그런데 그 이야기의 결말은 기껍고 화창하기 이를 데 없다. 상대방의 사과를 받고 와락 눈물이 나며 "아무 말 없이 그 아이의 손바닥 위에 조약돌을 올려 주었다"는 것이다. 아직 아이일 시 분명한데, 이 용서와 화해의 방식은 눈물겹도록 청신하다. 시인은 이 작은 관계성의 범례 속에서 이미 숙연한 깨달음의 이치를 배운 이였다.

6. 삶의 숨겨진 근저에서 찾은 길

박재홍 시인의 시는 어떤 경우에라도 시의 문면(文面)을 통해 모두 말하지 않은 근저의 담화나 담론을 비축하고 있다. 그의 시어들이 한번에 해독하기가 쉽지 않고 그 의미의 조합 또한 그러하다. 하지만 물결처럼 흘러가는 그 저변에 보화처럼 감추어둔 무엇인가가 있다는 사실은, 그다지 어렵지 않게 감지된다. 어쩌면 그의 시가 우리 삶에 있어서 상실과 고통의 통로를 지나면서 생산된 것이기에 그럴지도 모른다. 그리고 그 함의들은 새로 생겨난 것이 아니라 원래 있었으나 가려진 것들의 현현(顯現)이라 해야 마땅할 터이다. 5부의 시 가운데 「2024, 겨울 칸나」에서 '철마다 기다리는 선연함'이나, 「소금」에서 결어로 제시한 '일상의 고요' 등이 그에 대한 예증이 되겠다.

부산스레 내리는 눈을 피해 골방을 찾아 들었다 메주 뜬 냄새 아래 멍석이 깔려있고 무너지기 직전의 낡은 뒤주 위에 뜬 달항아리 군불을 지피는지 금 간 벽에서 연기가 들어서고 뒤꼍에 전나무 한쪽 어깨가 찢어지는 소리에 거위가 운다 무심히 몸을 움직여 어젯밤 자리끼 물로 먹을 가는데 엄동(嚴冬)에 매화가 피어나나 보다 봉창에 어리는 산그림자가 깊어졌다 얼마나 붓질을 했는지 버린 종이는 탑을 이루고 손바닥만 한 장지에 꽃 몇 첨 발화하여 틔우듯 마는 듯하고 무표정한 달은 지워지고 없었다 찾아온 손님은 인기척 없어서 그냥 돌아서고 밖에는 진눈깨비에 가뭇하게 세상이 사라졌다

—「신독(愼獨)」

시의 제목 '신독'은 동양사상, 특히 유가(儒家) 철학의 중요한 개념 중 하나다. 글자 그대로의 의미는 '홀로 있을 때 삼간다'는 뜻이며, 남이 보지 않을 때조차 스스로를 경계하고 올곧게 행동하는 태도를 말한다. 이는 동양 문화권에서 학식과 인품을 갖춘 자로서의 군자(君子)가, 그 도덕적 성숙을 이루는 것이 외적 감시가 아닌 내면의 자각에서 비롯된다는 점을 강조한다. 인용의 시에서 시인은, 눈 내리는 겨울날 우리 고유의 전통적인 삶의 현장에 들어선다. 이 삼엄한 풍광은, 마치 앞서 살펴본 신독의 환경을 애써 축조한 듯하다. 그런데 거기에는 '엄동(嚴冬)의 매화'에 대한 기대가 있다. 시인의 자기 성찰과 절제, 그리고 그에 연동된 시적 정취가 고즈넉한 작품이다.

연휴에 뭐 해 하고 묻자 나는 말을 잃고 뭐하지 되물었다 늦공부에 말보다 숨을 배운다 들이고 내뱉는 탯줄을 끊고 잃어버린 기억을 다시 배우는

중이다 그러다 그러다 남는 여분은 하고 물으면 갈 수 없으니 부르기 위해
간절해지고 눈물 한소끔 맺힐 즈음 밖에는 비가 오거나 눈이 내리고 있었
다 그럴 때마다 깊어져 흐르거나 지워진 기억이 시간을 건너는 중이다 쉬
지 않고 살가죽 찢어지는 삼림에 호곡성처럼 맺히는 소리가 새가 되어 푸
드덕 홰를 치고 있었다 한 사람 적멸에 들 시간 또 한 사람이 길을 나서는
새벽
　—「윤회」

　불교적 세계관을 바탕으로 깨달음의 경지를 추구해 온 박재홍 시인
의 시집에서 '윤회'를 말하는 언술이 나타나지 않는다면 오히려 이상
한 일이 된다. 윤회는 동양사상에서 인간의 존재와 생명의 근원을 해
명하는 핵심적인 언어다. 불교뿐만 아니라 힌두교, 도교 등 여러 사상
적 기반 위에서 다양한 방식으로 해석되어왔다. 윤회의 근본 원인은
카르마(Karma, 業)로 설명된다. 사람의 의도적 행위와 마음의 흔적이
인연을 이루어, 죽음 이후 새로운 생으로 이어진다는 뜻이다. 인용의
시에서 시인은 이 사상적 체계를 자연스럽게 일상적인 삶 가운데 매
설한다. 누구나 겪는 사소한 순간들이 저 광활한 사상과 철학 위에 정
초(定礎)될 수 있다는 사실은, 그야말로 놀라운 발견이다. 그러기에
'한사람이 적멸에 들 시간 또 한 사람이 길을 떠나는 새벽'인 것이다.

7. 원융의 무애와 큰 사랑의 발견

　이 시집의 6부에 이르도록 박재홍의 시는 끊임없이 경계를 넘어서

는 무애(無碍)의 깨달음, 그를 통해 삼라만상을 응대하는 열린 시각을 시전해 왔다. 그가 추구한 무애는 걸림이 없고 막힘이 없음을 뜻한다. 이 한 단어 안에는 자유, 지혜, 자비, 깨달음 등 여러 의미가 함축되어 있다. 무애를 보다 핵심적인 불교 사상에 대입해 보면 원융(圓融)에 도달하지 않을까. 모든 것이 하나로 통하고 하나가 모든 것과 어우러지는, 조화가 충일한 상태 말이다. 이제까지 이 시인이 상재(上梓)해 온 시집의 연장선상에서 살펴보면 이 판단에 별반 무리가 없을 듯하다. 6부의 시 중 「이런 사랑도 괜찮습니다」의 '사소함이 절박함을 넘어 간절함'으로 잇대어짐이나, 「꽃이 지거든」에서 '사랑은 잠시 병적 기저의 상상력 속에 할딱거림'이라는 사소한 세상사들이, 궁극에서는 우주적 개안(開眼)의 큰 사랑으로 전화(轉化)되는 시적 형상력이 여기에 있다.

　　겨울 어귀를 떠나지 못하고 있었네 강은 이야기를 토하지 않고 기슭에 치어들의 눈을 통해 하늘의 별들을 담고 긴 시절의 심연을 지나 돌아가는 길 그늘에 숨은 한 사람을 사랑했었네
　　―「복수초」

　인용된 시의 제목 복수초는 그 이름부터 복(福)과 수(壽), 즉 행복과 장수를 상징하는 꽃이다. 그러나 그 복된 이름 뒤에는 겨울의 끝, 새 생명의 시작, 고독한 기다림을 이겨낸 생명력이라는 여러 겹의 철리(哲理)가 숨어 있다. 한국에서는 설 무렵 눈을 뚫고 피어나는 꽃으로 '새해의 상서로운 길상화(吉祥花)로 여겨져 왔다. 그래서 설꽃, 새해꽃, 원단화(元旦花)란 이름도 있다. 시인은 이 꽃의 주변 이야기를 겨울 어

귀, 강, 기슭의 치어들, 하늘의 별, 긴 시절의 심연 등 구체적이고 감
각적인 시어를 망라하여 넉넉하게 펼쳐 놓았다. 그리고 매우 요점적
으로 '그늘에 숨은 한 사람을 사랑했었네'라고 토로했다. 그 '한사람'
의 기억을 복수초의 이미지에 연접한, 사소한 그림자에서 큰 사랑의
그림을 도출한 사례다.

　거기쯤 서서 겨울 장대비를 맞고 있었다 세찬 비에 등을 내어주고 마지
막 남은 계절의 마른 잎 두어 장 털어내고 그의 서사는 끝났다 묻지 않는
것은 뜨거운 김에 가려지고 파닥거리거나 쿵쾅거리다가 노을처럼 타오르
다가 어둠의 깃에 숨어드는 서정이 머문 곳 한 그루 백일홍을 춘분이 지난
봉명동 거리에서 만났다
　　―「벚나무 그늘 저편 백일홍」

　인용의 시에서 백일홍은 '겨울 장대비'를 맞았다. "세찬 비에 등을
내어주고 마른 잎 두어 장 털어내고 그의 서사는 끝났다!" 이 감성적
인 풍정(風情)을 두고 시인은, '어둠의 깃에 숨어드는 서정이 머문 곳'
이라고 표현했다. '춘분이 지난 봉명동 거리'에서 한 그루 백일홍을
만난 소회다. 백일홍은 여름 내내 긴 시간 붉게 피어 있는 꽃으로, 그
이름처럼 '백일 동안 붉음을 잃지 않는 꽃'이다. 끈기의 힘, 오래 지속
되는 열정을 뜻한다. 춘분이 지난 봄날, 벚나무 그늘 저편에서 시인이
목격한 백일홍은, 그러나 단지 한 그루의 꽃나무가 아니라 이 시집에
편만(遍滿)한 시적 깨달음과 화해로움의 이미지를 그대로 표상하고 있
다.

　이제까지 우리는 박재홍 시인의 시집 『화개와 반야』에 실린 62편의 시를 정성 들여 검토해 보았다. 그 고찰의 방식에 있어서는, 시인의 시를 주제론적 관점으로 추적하기에도 안일할 겨를이 없었다. 시인이 주로 산문시의 형식을 활용하고 또 때로는 일반적인 시의 형식을 사용하기도 했으나, 아마도 그 내부에서 차고 넘치는 시상을 필설로 옮기는데 지면이 궁벽하여 주로 산문시의 외형을 원용했을 것이다. 그와 같이 시적 제재(題材)를 풍요롭게 간직하고 있는 것은, 시인 자신으로서는 행복한 일이다. 더욱이 그의 시 세계에서는 일상의 모든 사람과 사물이 시의 옷을 입는데 전혀 어색함이나 주저함이 없다.

　우리는 이 시집에서 지금껏 그의 시가 그랬듯이 장애와 존재의 진술, 고향·자연·기억의 풍경, 사회적 관점과 연대의 담론, 시간과 생명의 의미, 그리고 예술과 언어의 융합 등에 대한 여러 요소가 잠복해 있음을 목도(目睹)했다. 이번의 시집은 거기서 한 걸음 더 나아가 깨달음의 우주적이고 운명론적인, 그리고 불교적 세계관에 입각한 종교적인 경지를 활달하게 개진(開陣)하고 있었다. 이 글을 쓰는 동안, 필자 또한 그의 시에서 많은 배움을 얻었다. 앞으로도 그의 시가 더욱 청명하고 화창한 경계를 열어나감으로써, 많은 이에게 감동과 즐거움을 선사해 주었으면 한다.

화개(花蓋)와 반야(般若)

1쇄 발행일 | 2025년 11월 15일

지은이 | 박재홍
펴낸이 | 정화숙
펴낸곳 | 개미

출판등록 | 제313 - 2001 - 61호 1992. 2. 18
주소 | (04175) 서울시 마포구 마포대로 12, B-103호(마포동, 한신빌딩)
전화 | (02)704 - 2546
팩스 | (02)714 - 2365
E-mail | lily12140@hanmail.net

ⓒ 박재홍. 2025
ISBN 979 - 11 - 993786 - 6 - 7 03810

값 13,500원

*이 책은 한국장애인문화예술원의 2025년 장애예술활성화 지원사업에 선정되어 발간되었습니다.